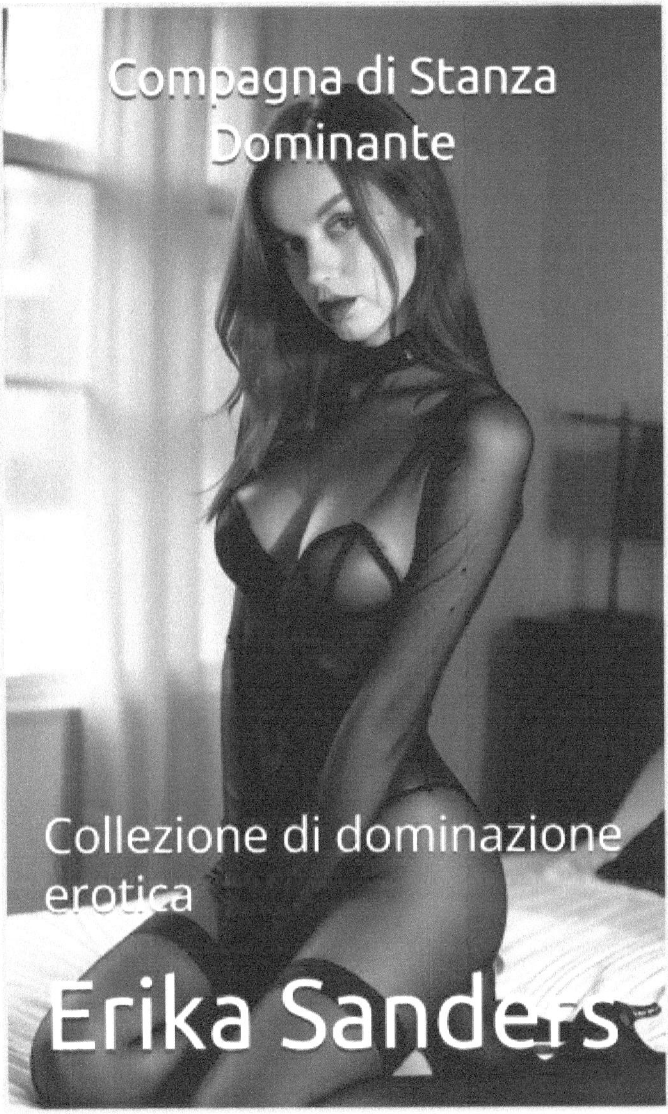

# Compagna di Stanza Dominante

## Collezione di dominazione erotica

# Erika Sanders

Compagna di Stanza Dominante


Erika Sanders
Serie
Collezione di dominazione erotica

# Sinossi

Vicky e Joyce sono due coinquiline del college.

Vicky è magra e debole e Joyce è ampia e forte.

Un giorno Joyce sta guardando un programma scandaloso in TV mentre Vicky cerca di studiare.

Vicky chiede a Joyce di abbassare il volume del televisore, ma quando lei la ignora, cerca di prendere il telecomando.

Questo fa iniziare una lotta per il telecomando che finisce in una sorta di combattimento libero tra i due.

Joyce prevale su Vicky nella lotta sottomettendola e ...

**Compagna di Stanza Dominante** è un romanzo con un forte contenuto di BDSM erotico e, a sua volta, un nuovo romanzo appartenente alla collezione di Dominazione Erotica, una serie di romanzi con un alto contenuto di BDSM romantico ed erotico.

(Tutti i personaggi hanno 18 anni o più)

# Nota sull'autrice

Erika Sanders è una nota scrittrice internazionale, tradotta in più di venti lingue, che firma i suoi scritti più erotici, lontani dalla sua prosa abituale, con il suo nome da nubile.

# Indice

# COMPAGNA DI STANZA
## DOMINANTE
## ERIKA SANDERS

# CAPITOLO 1

"Puoi spegnerlo, per favore?" Disse Vicky. "Sto cercando di studiare qui."

Per circa la ventesima volta oggi, la ragazza, una matricola, si è chiesta che tipo di algoritmo di corrispondenza per la ricerca del compagno di stanza stesse usando l'Università.

Dopotutto, chiunque abbia metà cervello potrebbe rendersi conto che è opportuno evitare a tutti i costi di mettere uno studente di un ramo specializzato in servizi sociali insieme a uno studente di un ramo specializzato in informatica.

Alcune semplici domande a scelta funzionerebbero in un caso come questo, per evitarlo.

Una direzione? Chi può studiare con quelle sciocchezze del genere, a tutto volume, in sottofondo?

Peggio ancora, chi può mantenere la propria sanità mentale e il proprio QI guardando ragazzi che sono ovviamente così stupidi?

"No, sta diventando buono," disse Joyce, alzando il volume ancora più in alto.

"Molto divertente," disse Vicky. "Adesso mettilo giù, per favore."

"Non riesco a sentirti," gridò Joyce. "Che cosa hai detto?"

"Giù." Una parte di lei avrebbe voluto ridere, ma una parte di lei era altrettanto furiosa.

"Parla un po 'più forte," gridò Joyce. "Non riesco a sentirti in televisione."

"Ho detto di smontarlo,"

E all'improvviso, e Vicky non era del tutto sicura di come, poiché non aveva mai fatto niente del genere prima, si ritrovò in piedi dal suo posto e accanto alla sua coinquilina, cercando inutilmente di strappare il telecomando dalla salda presa della ragazza.

Vicky era una ragazza leggera, una lettrice tipica, molto magra e pallida.

L'unico sport che aveva provato era il cross country, ma era solo per completare la sua domanda di college.

Così, quando il tiro alla fune telecomandato aveva lasciato il posto a un incontro di wrestling, sentiva che la sua educazione nelle arti fisiche era stata gravemente carente.

Perché combattere Joyce era come cercare di combattere un ragno.

Sembrava che una mano o una gamba fosse ovunque Vicky volesse muoversi.

La sua umiliazione è stata aggravata perché il suo compagno di stanza ha riso dei suoi sforzi per afferrare il telecomando e ha continuato a ridere quando si è arreso e ha deciso di lasciarsi andare.

"Non mi sono divertito così tanto da quando sono uscito di casa", rise Joyce. "I miei fratelli minori e io guardavamo l'UFC e poi provavamo le mosse l'uno con l'altro".

E poi si sentì come se qualcuno stesse cercando di strappargli un braccio dalla spalla.

Vicky non aveva mai saputo che una cosa del genere fosse possibile.

"Ouch ... Ouch ..." e poi continuò a dire alcune parole conficcate in profondità nella sua testa, anche quelle che non aveva mai avuto motivo di usare.

"Stop p ...".

Ridendo, Joyce ha detto:

"Facevo lamentare i miei fratelli con mia zia perché una ragazza li aveva picchiati".

Sembrava che la sua articolazione stesse per allentarsi.

Vicky non aveva nemmeno il tempo di pensare.

"Per favore ... oh ... cazzo ... cazzo!"

"Questo si chiama un braccio bar", ha detto Joyce, mentre ha rilasciato il suo compagno di stanza. "Una volta che sei intrappolato in esso, non c'è davvero altra via d'uscita se non sottomettersi."

# CAPITOLO 2

Prese il telecomando, lo esaminò brevemente, poi lo gettò sul letto.

"Hai fatto cadere le batterie. Trovale e rimettile a posto."

Non è stato molto piacevole.

Non quando la spalla di Vicky faceva così male.

Si chiese se avesse subito danni permanenti.

Ma ha indovinato che a un certo punto le batterie si sono scaricate.

Ingoiando un po 'di rabbia, iniziò a cercare le due batterie AAA, le trovò e le sostituì nel telecomando.

Finalmente è stato in grado di tornare al suo compito, questo aveva sprecato troppo del suo tempo prezioso.

"E aggiusta il mio letto," disse Joyce. "Tutti quei combattimenti hanno rovinato tutto."

Stava andando troppo oltre.

Prima di tutto, Vicky è stata la vittima dell'incontro di wrestling, non il vincitore.

E, cosa più importante, il letto era stato un disastro per la maggior parte della settimana.

"Non sono la tua cameriera," disse Vicky, e tornò alla sua scrivania.

Solo che non ce l'ha mai fatta.

Aveva fatto solo due passi prima che Joyce fosse di nuovo su di lei, colpendo come un cobra.

Joyce stava aspettando una scusa per continuare la lotta.

Ha continuato a litigare con la sua coinquilina.

Aveva combattuto molte volte con i suoi fratelli.

Era più grande, ma erano ragazzi, fisicamente superiori, ma ciò nonostante Joyce era più intelligente e un po 'più spietata.

È stato divertente.

È stata una sfida e Joyce ha vinto più di quanto ha perso.

D'altra parte, questa non era una sfida per Joyce.

Ecco una conclusione scontata.

Vicky non era solo una donna debole, ma la ragazza non aveva idea di come difendersi.

Combattere il piccolo nerd non dovrebbe essere molto divertente.

Dovrebbe essere noioso.

Ma era tutt'altro che noioso.

Era...

.. eccitante.

# CAPITOLO 3

I capezzoli di Joyce si erano induriti in proiettili.

I suoi fianchi erano sia caldi che sudati.

In verità, era stato un po 'eccitante litigare con i suoi fratelli quando poteva sentire la pressione occasionale di un'erezione, sapendo quanto li imbarazzava.

E un po 'di formicolio ogni volta che andavano a piangere la zia.

Ma questo, oh sì, questo era dieci volte meglio di quello.

Joyce ha lottato con la sua coinquilina.

Pressando il suo sesso sulla ragazza.

Lavorando su di esso.

"Ehi," ansimò Vicky senza fiato.

Era così stanca che era impossibile difendersi.

Si sentiva come se non potesse respirare.

"Non puoi semplicemente sottometterti. Non ti ho nemmeno dato una chiave." Joyce ha detto mentre le afferrava una gamba, le metteva le gambe intorno alla ragazza, le afferrava la caviglia e le faceva girare.

Pronto.

"Cagna!" Gridò Vicky.

"Questo si chiama blocco della caviglia", ha detto Joyce mentre rilasciava la pressione, ma non la rilasciava. "Mi rifarai il letto adesso?"

"Già ..." si lamentò Vicky.

Joyce premette ancora una volta un po 'più forte sulla caviglia della ragazza.

"E pulirai il pavimento e metti via i miei vestiti."

"Ummmm ... okay." Vicky rimase a bocca aperta.

"Questo è divertente," esclamò Joyce, afferrando di nuovo la ragazza. "Mi chiedo cos'altro posso farti fare."

"Ho detto che avrei pulito il pavimento!" Vicky protestò inutilmente.

La lotta è continuata.

È stata una faccenda molto unilaterale.

La povera Vicky era esausta, ma ha fatto uno sforzo coraggioso per sfuggire alle grinfie della sua compagna di stanza, anche se aveva rinunciato totalmente a combattere da quando era piccola.

"Sei così fragile," Joyce continuò con i suoi commenti mentre provava una mossa e poi un'altra.

Non si è nemmeno preoccupato delle presentazioni, stava solo cercando di vedere in quale posizione poteva mettere il suo compagno di stanza.

Un nuovo movimento.

Il calore riemerse nel suo corpo quando guardò il culo di Vicky.

La sua camicia da notte si era sollevata e la posizione in cui si trovava le aveva fatto incastrare le mutandine nella fessura del sedere.

Joyce è stata anche in grado di vedere un po 'del buco stretto della ragazza a causa del cuneo che era stato causato.

La povera Vicky poteva sentire la fresca brezza sul sedere, ma non poteva farci niente se non cercare di tenerla dritta.

C'era ancora meno che poteva fare al riguardo quando il suo partner le aveva tirato indietro la coda di cavallo.

Ha inarcato la schiena ed è stata costretta a ricadere ancora di più sulle gambe.

Se non avesse sofferto tanto, l'umiliazione della sua posizione sarebbe stata molto più acuta, anche se già di per sé mortificante.

"Amico," sussultò Vicky. "Fanculo-fanculo-fanculo."

"Non stai nemmeno cercando di difenderti", disse Joyce. "Comincio a chiedermi se ti piace essere maltrattato."

"Non voglio combattere con te." Si lamentò Vicky. "Cosa ... cosa stai facendo?"

Cosa stava facendo Joyce?

Vicky cercò di voltarsi, ma Joyce si piantò sull'arco della sua schiena.

Nella sua condizione indebolita, non c'era modo che Vicky potesse ignorare l'altra ragazza.

E il peggio? Peggio?

La povera Vicky poteva sentire le sue dita afferrare la fascia delle sue mutandine e tirarla verso il basso.

"Lascialo dov'è," chiese Vicky.

Ma ormai le mutandine erano fuori portata.

Tutto quello che poteva fare era cercare di allargare le gambe per impedirgli di toglierle completamente.

Ma sforzi così deboli non avrebbero scoraggiato la ragazza più forte.

No, per un momento Joyce ha spostato il suo peso sulle cosce di Vicky, e poi ha spogliato improvvisamente la ragazza dalle sue mutandine.

"Restituiscimeli" disse Vicky. E poi, con voce tremante, aggiunse. "Sono serio."

"Ora, hai intenzione di fare almeno un piccolo sforzo?" Chiese Joyce.

Le sue narici si dilatarono.

Dio, era così sexy.

E guardare le natiche morbide del sedere della sua compagna di stanza la stava rendendo ancora più calda.

"Devo prendere qualcos'altro da te?"

"Non seguire!" Esclamò Vicky.

Oh, aveva fatto del suo meglio per dirlo.

C'era qualcosa di estremamente imbarazzante nella situazione e lei voleva nascondere quella sensazione a Joyce.

Ma presto ebbe altre cose a cui pensare.

Una sculacciata.

# CAPITOLO 4

Un'altra sculacciata.

Cazzo come brucia.

L'impazienza del suo compagno di stanza.

Toglile le mutandine e poi sculacciala!

Oh, avrebbe fatto pagare alla ragazza ... in qualche modo.

In qualche modo.

Sculacciata.

Sculacciata.

Ma prima, Vicky ha dovuto lasciar perdere.

"Mostrami quello che hai." Disse Joyce, e poi gliene diede altre quattro sculacciate.

Poteva vedere le sue impronte delle mani delineate in rosso sulla carne biancastra del suo compagno di stanza.

Cazzo, era calda, molto calda.

"Andiamo. Combattimi. Debole."

"Agghhh!" Vicky urlò di sfida, la sua rabbia scacciò la sua pigrizia.

Gemeva come un animale in trappola.

Ha preso a calci.

Ha tirato i capelli dell'altro.

Si è allontanata.

Si dimenò.

Ha combattuto.

Tuttavia, ha continuato a perdere.

Non solo il match di wrestling, ma anche la sua camicia da notte.

Adesso era completamente nuda.

La sua faccia era rossa per lo sforzo e per essere stata premuta così forte contro il pavimento di piastrelle.

Era riuscita a sfuggire alla presa di Joyce solo due volte.

Ma ogni tentativo sembrava esporre di più il suo corpo e stancarla ancora di più ora che la scarica di adrenalina se n'era andata.

"Andiamo, Vicky, vai avanti. Non restare lì." Joyce incitò la ragazza prostrata, dando qualche altra frustata.

Le sculacciate che gli stava dando ora non erano più dure.

Ma erano piuttosto vari.

Stava mirando con attenzione, assicurandosi di trasformare ogni centimetro della pelle biancastra sul culo di Vicky, che in precedenza era stato perfetto, di un rosso intenso.

E, cosa altrettanto importante, Joyce ha fatto pressione sulle sue labbra sessuali contro il gonfiore del sedere della sua coinquilina, in modo che la lotta fosse trasmessa direttamente al suo sesso focoso.

Sperava che Vicky non sentisse l'odore dei suoi succhi.

L'aroma era già molto forte.

Ma d'altra parte, la povera Vicky aveva da tempo rinunciato al fatto che la sua coinquilina non avesse scoperto lo stato del suo sesso molto bagnato.

Stava gocciolando.

Poteva sentire l'aria che la raffreddava.

Non era mai stato combattuto e fustigato.

Ma lei era eccitata.

Aveva lottato un'ultima volta, ma l'ultima volta aveva cercato di fuorviare Joyce.

Almeno questo è quello che si disse.

Tuttavia, le loro lotte non cedettero a Joyce.

Le lotte le facevano solo allargare le cosce, quindi il suo sesso bollente ora scivolava contro il pavimento freddo.

Dio.

Stava lasciando un'impronta simile a una lumaca sul terreno.

Sembrava ... Dio si sentiva divino.

Non aveva mai pensato che potesse accadere.

"Ugh" Con un grugnito, Vicky iniziò a pompare i fianchi.

Dio, non poteva credere che lo stesse facendo.

"Dio Vicky," disse Joyce. "Sei fradicio."

Le guance di Vicky bruciavano per l'umiliazione.

La sua vergogna segreta era stata scoperta.

Peggio ancora ... mio dio. Vicky poteva sentire un dito sondare il suo sesso bagnato.

Non gli erano rimasti segreti dopo un simile esame.

"Ti piace essere schiaffeggiato? È così che lo fai con il tuo ragazzo?" Scherzò Joyce. "Quella è Vicky? Essere sculacciata ti eccita?"

"No," mentì Vicky.

Ma non voleva cercare di impedire al suo partner di muovere le dita per sondarla.

Si sentivano troppo bene.

Era troppo bello

"Penso di sì" disse Joyce. "La tua fica ha detto di sì, vero?"

"No ..." gemette Vicky.

Dio, la ragazza la stava facendo impazzire.

"Penso che ti stia davvero godendo tutto questo", ha detto Joyce. "Scopriamolo."

Oh Dio. E adesso quello? Vicky pensò mentre sentiva Joyce spostare misteriosamente il suo peso su di lei prima di capovolgersi bruscamente di nuovo.

Fu allora che scoprì cosa aveva combinato Joyce.

Le sue mutandine erano fuori.

Vicky poteva vedere il culo nudo della sua compagna di stanza mentre la ragazza le stava a cavalcioni sul petto, gli stinchi che affondavano i polsi di Vicky nel terreno.

Joyce si leccò le labbra mentre fissava il corpo completamente nudo e indifeso del suo compagno di stanza nerd.

"Penso che questo richieda un'indagine approfondita."

"Basta," sussultò Vicky.

Non aveva idea di cosa comportasse un'indagine approfondita, ma non voleva farne parte.

Eppure Joyce aveva esattamente questo in mente.

Un'indagine approfondita sulla sua figa.

Le gonfie labbra rosa di Vicky si aprirono.

"Bagnato e paffuto." Joyce ha detto. "E guarda questo clitoride. Sta praticamente implorando una carezza."

"No non lo è". Protestò Vicky con voce stridula e tremante.

Le sue cosce si chiusero brevemente in segno di sfida.

"Penso di sì," Joyce accarezzò la fessura bagnata di Vicky.

Fai scorrere il dito su e giù per il suo taglio rosa.

Vicky sussultò e le sue cosce si aprirono di nuovo, offrendo il dolce bottoncino tra le sue cosce.

Joyce sorrise e mantenne il suo tocco, accarezzando di tanto in tanto il clitoride di Vicky.

Lavorando la ragazza fino a quando non ha raggiunto un picco di febbre.

Vicky si rese improvvisamente conto che lui l'avrebbe costretta a venire.

Una ragazza l'avrebbe fatta venire.

Aveva sempre sentito storie di ragazze che facevano esperimenti al college, ma non aveva mai pensato che sarebbe stato una di quelle ragazze.

Ma il calore dentro il suo intestino la convinse del contrario.

Ma poi quelle dita morbide e dolci furono allontanate, lasciandola fluttuare sull'orlo dell'orgasmo.

L'aveva accarezzata molto delicatamente e poi l'aveva fatta fluttuare fuori dalla portata dell'orgasmo.

La mente di Vicky era ancora un guazzabuglio.

Una cosa era essere costretti mentre erano inchiodati sotto un'altra ragazza, con le braccia intrappolate e incapaci di muoversi, ma un'altra. ... solleva i suoi fianchi sottili, cercando quel tocco dolce.

Ciò significa che stava partecipando.

E prima che potesse tentare di citare in giudizio la sua coinquilina per le libertà che si era presa.

Ora lei stava ... sollevando i fianchi, cercando il tocco di Joyce ... sempre più in alto ... lì ... ahhh ... proprio lì.

Ecco, si disse Joyce mentre inclinava i fianchi di Vicky, facendoli iniziare a spingere e pompare come meglio poteva in una posizione così imbarazzante.

Vieni da me.

Dovrai andare molto oltre prima che io abbia finito con te.

# CAPITOLO 5

"Ti ho detto che ti piaceva," scherzò Joyce, stringendo leggermente il clitoride gonfio di Vicky. "È così, non è vero?"

I fianchi della povera Vicky cominciavano a far male per il bisogno.

Sollevò i fianchi finché l'addome non tremò, ma non era abbastanza alto da metterla in contatto con le dita di Joyce.

Non c'era niente che potesse fare se non avesse ammesso la verità.

"Sì." Vicky gemette quasi senza fiato.

Schiaffo schiaffo.

Joyce ha schiaffeggiato il sesso di Vicky, schizzando tutto il suo nettare nel processo.

I fianchi di Vicky si sollevarono.

La sensazione non era dolorosa, ma era stata scioccante.

Peggio ancora, aveva perseguito il suo orgasmo.

Era deludente, ma comunque gli era piaciuto.

Il senso di bisogno che aveva provato e la sua impotenza l'avevano spaventata profondamente.

Aveva paura ... oh, Dio, cosa gli stava facendo quella ragazza orribile adesso?

La stava massaggiando di nuovo.

E strofinandolo nel modo in cui le piaceva.

Ora stava allargando di nuovo le cosce di sua spontanea volontà.

Rendere il suo sesso teso dentro.

Facendogli ballare i crampi all'inguine.

Facendole battere il cuore.

Fu allora che Vicky si rese conto di poter vedere il buco stretto e stretto della sua coinquilina e la sua fessura premuta contro il suo petto.

Poteva sentire l'umidità che gocciolava lungo il suo petto.

Poteva sentire il dolce muschio del suo sesso.

Se avesse potuto liberare le mani, sarebbe disposta ad accarezzare Joyce, sperando che la ragazza smettesse di infastidirla e magari finisse di accontentarla.

Ma Joyce aveva le sue idee.

Era ben consapevole che Vicky era indifesa sotto di lei, e altrettanto consapevole dell'effetto che i suoi giochi stavano avendo su di lei.

Era ben consapevole che stava muovendo lentamente il sedere sempre più vicino al viso del suo compagno di stanza.

Vicky aveva sempre avuto voti vicini ai più alti della sua classe.

Era brillante e intelligente.

Si considerava una pensatrice profonda, ma per la prima volta faceva fatica a pensare.

Il calore le scorreva nell'intestino e il sesso le faceva male dal bisogno.

Il sedere di Joyce era proprio lì davanti a lei.

A solo un centimetro dalle sue labbra.

Vicky raggiunse le labbra desiderate.

Le narici di Joyce si dilatarono quando sentì quei primi timidi baci.

O si.

Si sentiva bene, anche se voleva un po 'più di stimoli.

E lui l'avrebbe avuta prima che tutto fosse detto e fatto.

"Ti piace la mia figa?" Chiese Joyce, mentre si sporgeva in avanti e soffiava il fiato sul sesso eccitato di Vicky.

"Sì," sussurrò Vicky, allargando le gambe, desiderosa che Joyce la leccasse ... laggiù.

"Leccami," ordinò Joyce. "Leccami la figa."

Vicky poteva sentire il respiro di ogni parola sulla sua figa.

Joyce era così vicina.

Così vicino a leccarla e farla venire.

Ero sicura che probabilmente altre ragazze avessero sperimentato in questo modo.

Questo non la rendeva gay.

Non sapeva nemmeno se gli sarebbe piaciuto.

La sua lingua è scivolata fuori e ha fatto una ricerca provvisoria.

E non era poi così male.

Lo fece di nuovo, stavolta un po 'più determinata.

"Oh sì, è divino," disse Joyce con voce roca. "Leccami la fica. Più veloce. Oh sì ... così, continua così."

Leccami anche io, avrebbe voluto dire Vicky.

Ma la sua bocca era occupata in modo diverso ora e Joyce era di nuovo seduta, quindi Vicky aveva letteralmente la bocca piena di fica ora e il suo naso era ... non voleva nemmeno pensare a dove fosse il suo naso.

"Ragazza cattiva," fece le fusa Joyce. "Stai giocando anche con il mio ano? Hmm ... è bello. Vuoi che giochi con il tuo?"

"Uffff ..." protestò Vicky.

Non.

No, non voleva nemmeno che il suo naso fosse dov'era, tanto meno essere toccata ... laggiù.

Ma a quel punto un dito inzuppato di succo veniva spinto bruscamente oltre lo sfintere.

Era strano avere qualcosa bloccato in quel buco, ma ancora più strano era avere quel qualcosa che spingeva, quando la direzione era sempre stata verso l'esterno.

Non voleva essere invasa lì, almeno non pensava di volerlo.

La faceva sentire ancora più impotente.

Oh Dio ... così impotente che lotta per respirare, leccare e farsi scopare con due dita nel culo.

Non avrebbe dovuto essere trattata in questo modo.

E questo di certo non avrebbe dovuto essere dannatamente caldo come la situazione.

Non dovrebbe leccare la fica di una ragazza.

Tanto meno una ragazza che era stata così cattiva con lei.

"Proprio lì ... proprio lì ... proprio lì ... oh mio ... oh mio ..." gemette Joyce, i suoi fianchi cavalcavano la ragazza indifesa intrappolata sotto di lei.

Raggiungere e afferrare i capezzoli della ragazza tra il pollice e l'indice e tirare su.

Sentendo l'angoscia protesta della ragazza che si strozzava sulla sua figa.

Amare la lingua agile che ora accelera più velocemente di quanto umanamente possibile.

Avendo solo una coppa B, Vicky non era molto dotata quando si trattava di tette, ma quello che le mancava in circonferenza, ha compensato la sensibilità.

E avere i suoi capezzoli allungati in quel modo fa male!

Anche se l'esperienza ha anche trasmesso raggi di piacere direttamente al suo sesso.

Ma tutto questo era troppo.

Pure.

Ha leccato Joyce per tutto ciò che sentiva, sperando di terminare rapidamente il suo orgasmo, insieme al tormento sui suoi capezzoli.

"Oh sì, sì, oh sì. Quello, sì." Joyce gemette.

I suoi movimenti cambiarono da intensità a un movimento languido quando il suo orgasmo raggiunse il picco e iniziò a diminuire.

Con i fianchi che fingevano di essere una specie di cavatappi mentre usava il naso della sua coinquilina per compiacere il suo ano.

# CAPITOLO 6

"Adesso tocca a te," disse Joyce. "Vuoi che ti faccia venire?"

"Sì." Vicky ha ammesso.

Non solo voleva venire, ma si meritava di venire dopo tutto quello che aveva sopportato per mano di questa ragazza.

"Mmmm ..." Joyce fece le fusa mentre allungava la punta delle dita lungo il corpo snello della ragazza.

Dirigendosi lentamente al sesso super bagnato di Vicky.

"Che figa sporca e cattiva che hai," disse Joyce, guardando qualcosa in una piccola borsa cosmetica aperta accanto al letto di Vicky.

Lo raccolse e premette il pulsante di accensione.

Poteva sentire le vibrazioni fino alle sue dita.

"Penso che abbia bisogno di una buona pulizia all'interno."

Vicky non aveva idea di cosa stesse parlando la ragazza.

Poteva sentire un ronzio familiare, ma non riusciva a localizzare il suono.

"Oh!" Vicky rimase senza fiato quando sentì il primo tocco elettrico, i suoi fianchi si contorsero per sfuggire alla sensazione opprimente.

Ma presto si rese conto di quello che stava provando e si rese anche conto di quanto si sentisse bene.

Merda.

Oh cazzo.

Era il suo spazzolino da denti.

Joyce deve averlo tirato fuori dalla borsa dei cosmetici.

Gesù ... non ne aveva uno di riserva.

Dovrei ... oh, Gesù.

Stava per venire.

Era così fottutamente dura.

E con una reazione involontaria alla stimolazione, Vicky strinse le labbra e baciò quello che aveva di fronte e che si rivelò essere il culo muscoloso della sua coinquilina.

"Oh baby, è così bello." Joyce fece le fusa. "Hai mai visto qualcuno scopare questa figa? Voglio dire, davvero scoparla?"

"Mmmmmmm" Vicky gemette e allargò le gambe più che poteva.

"Rallentiamo piccola," disse Joyce. "Abbiamo tutta la notte."

Joyce ha usato lo spazzolino da denti sui capezzoli di Vicky e poi l'ha fatto scorrere su e giù per la fessura.

Ma non abbastanza da mandare la ragazza oltre il limite.

Sorrise malvagiamente.

Stava diventando brava in questo.

Vicky gemette.

I suoi fianchi pompavano, accogliendo le vibrazioni ad alta frequenza, ogni volta che Joyce riteneva opportuno farla scorrere dove le faceva più bene.

Oh mio Dio.

Stava per venire.

Stava per venire molto duramente.

E proprio in quel momento Joyce ritirò lo spazzolino da denti e accarezzò il sesso eccitato di Vicky.

"Oh Dio ..." sussultò Vicky, i fianchi che si spinsero e morirono per il contatto.

Anche per queste carezze pungenti che l'hanno allontanata dal climax.

Ha cercato di liberare le sue braccia intrappolate.

Ha cercato di trovare qualche sensazione per spingerla al limite.

La povera Vicky non sapeva cosa fare.

Anche se il suo corpo aveva delle idee.

Le baciò di nuovo il sedere muscoloso davanti al viso.

Lo baciò e lo baciò ancora.

"Mmmm ..." disse Joyce, facendo scorrere lentamente una mano verso il sesso gonfio di Vicky.

Mettendole l'altra mano sulle natiche, stendendole.

Vicky poteva vedere il buco proibito rugoso del suo compagno di stanza spalancato.

Non.

Aveva baciato solo il sedere della ragazza perché non aveva nient'altro da baciare.

Tuttavia, non aveva intenzione di baciarlo.

Neanche un po.

Eppure Vicky poteva sentire quanto fosse vicino lo spazzolino vibrante al suo sesso doloroso.

Molto, molto vicino.

Vicky ha preso una decisione rapida.

Avrebbe leccato Joyce ancora un po 'se questo facesse venire l'orgasmo alla ragazza.

Solo che avrebbe leccato il buco giusto.

Piegando il collo in un angolo complicato, Vicky ha cercato di ottenere l'accesso al sesso di Joyce con la sua lingua.

Oh no no! 'Pensò Joyce.

Ha giocato con il capezzolo di Vicky con lo spazzolino da denti e ha usato l'altra mano per giocare con l'altro capezzolo, girandoci intorno e tirando di tanto in tanto, a volte crudelmente.

Ha poi spostato il trattamento sull'altro seno, prima di far scorrere finalmente lo spazzolino vibrante vicino al sesso di Vicky.

Iniziò a picchiettare leggermente con la testa il clitoride gonfio del suo compagno di stanza.

Dio, sto arrivando, fu l'unico pensiero di Vicky.

Non poteva credere a quello che gli stava accadendo.

Non poteva credere che stesse per... strinse le labbra e lo baciò.

Baciò l'ano stretto e raggrinzito che Joyce gli stava mostrando.

Oh Dio. Oh Dio.

Non posso credere che stia succedendo, pensò Joyce.

Si è goduta il momento, ma voleva di più.

Iniziò di nuovo a far scorrere lo spazzolino su e giù per la fessura bagnata di Vicky.

Portare la ragazza sull'orlo del baratro.

Guardando i suoi fianchi scivolare e pompare.

Offrirle il sesso, ora inzuppato, per stimolare.

"Ragazzaccia." Sussurrò Joyce.

E sferzò quelle labbra increspate con il palmo della mano.

Schiaffeggia abbastanza forte da pungere e quindi non ci sono dubbi nella mente di Vicky su chi fosse al comando.

# CAPITOLO 7

Come se Vicky avesse dei dubbi a questo punto.

L'unica cosa a cui riusciva a pensare era il bisogno doloroso dentro di lei che aveva bisogno di stimoli.

Questo era ciò di cui aveva bisogno, per trovare una sorta di eccitazione per il suo disperato rilascio.

Non pensava più alla vergogna oa cosa stava sbagliando.

I suoi unici pensieri erano concentrati lì, tra le sue cosce, e che le sensazioni che riceveva lì erano collegate a ciò che stava facendo con le sue labbra e la sua lingua.

Perché Vicky aveva a lungo occupato quell'orifizio proibito con leggeri baci incerti.

Ora ha leccato.

Si baciò seriamente.

Sondò con la lingua.

Guidandola dentro il meglio che poteva.

"È molto sporco," tubò Joyce. "E pensavo che fossi solo bravo a travestirti, quando in realtà eri un po 'pervertito. Pensi che dovrei lasciarti correre? Sei il mio piccolo pervertito?"

"Mmmmmmm ... sì ..." mormorò Vicky, la bocca ben piantata sul culo tonico della sua coinquilina.

"Allora fai venire quella fighetta sporca di te dove posso raggiungerla," disse Joyce. "E meglio affrettarsi prima che queste batterie si esauriscano."

La povera Vicky inarcò maggiormente il bacino per dare alla sua coinquilina un accesso migliore.

Tuttavia, ha scoperto che il ronzio dello spazzolino era ancora troppo lontano.

Allettante, ma irraggiungibile.

Vicky inarcò ancora di più il bacino.

Sentì brevemente il tocco elettrico.

Oh Dio.

Non era ancora abbastanza.

Alzò i piedi e poi alzò le ginocchia.

I suoi fianchi non toccavano più il pavimento.

Sicuramente questo sarebbe sufficiente.

Semplicemente non era abbastanza.

"Per favore ..." mormorò Vicky.

"Non lo vuoi?" Scherzò Joyce. "Vieni a prenderlo."

Oh come lo voleva.

Vicky si alzò in punta di piedi e spinse il bacino in avanti per l'ultima volta.

I suoi polpacci e le sue cosce tremavano.

Non poteva mantenere questa posizione a lungo.

Pregò che fosse abbastanza alto.

Joyce ha toccato il pennello sul suo clitoride gonfio e sulle labbra e ha contato "Uno" nella sua testa.

Poi è decollato e ha contato 'Due. Tre ".

Poi di nuovo su per un "Uno".

Poi torna per altri due.

Su e giù.

Acceso e spento.

Acceso e spento.

Joyce alzò la mano e tirò Vicky sul sedere.

Dannazione, quella lingua era divina con la D maiuscola.

Avrebbe potuto abituarsi a questo tipo di coccole.

"Non resisterò a lungo così ... non durerò ... non posso ... non posso ..." ripeté Vicky nella sua mente.

I suoi muscoli bruciavano.

La sua coscia aveva un crampo.

Moriva dalla voglia di raddrizzare la gamba e aspettare che il nodo doloroso si allentasse, ma aveva paura di perdere ancora una volta la sensazione dello spazzolino da denti.

Era difficile respirare intrappolata lì sotto le natiche muscolose della sua coinquilina.

Rimase in posizione e ignorò i suoi arti e legamenti protestanti, leccandole l'ano più che poteva.

La meravigliosa sensazione iniziò nel profondo del suo intestino.

Oh cazzo.

Il calore accumulato.

Poi tutto sembrò fuoriuscire ... sollevandosi come un enorme maremoto.

Cumming.

Oh Dio, stava venendo.

Non aveva mai provato un climax di tale portata.

Anche Joyce era gelosa della reazione della sua coinquilina.

Le gambe tremanti, il sesso penetrante, i forti gemiti sotto il suo culo, il getto di succo della ragazza che si riversa sul pavimento di piastrelle.

Oh sì, è stato un inferno di climax.

Joyce era sicura che un orgasmo del genere non sarebbe stato sufficiente per la sua coinquilina.

# CAPITOLO 8

E non era abbastanza.

Certo, Vicky si disse che non si sarebbe mai più comportata così.

Ma il giorno dopo, Vicky non poté fare a meno di pensare a quello che era successo alla sua coinquilina.

Essere abusato.

Sculacciata.

Essere deriso in modo così crudele.

Man mano che si avvicinava il momento di tornare nella sua camera da letto, divenne sempre più ansiosa.

Joyce le avrebbe fatto qualcosa quando fosse tornata?

Voleva che Joyce facesse qualcosa con lei?

Vicky poteva sentirsi sudata.

Poteva sentire le sue mutandine bagnarsi.

Dio ... e se Joyce se ne rendesse conto?

Presumo che Vicky voglia di più.

Con dita tremanti, Vicky inserì la chiave nella serratura della porta della sua camera da letto e la aprì.

Joyce era lì alla sua scrivania ... senza nemmeno riconoscere la sua presenza.

Forse tutta quell'ansia era stata inutile.

Il silenzio divenne scomodo.

"Ciao ..." sbottò Vicky e imprecò contro il suo discorso esitante.

"Oh ciao Vicky," disse Joyce, girando la sedia per guardarla.

Lo sguardo di Vicky saettava come una calamita tra le cosce della sua coinquilina.

La ragazza indossava una gonna corta e niente mutandine.

La sua piccola fessura riccia era lì, che la fissava sfacciatamente.

La ragazza non si vergognava?

"Stavo pensando a te," disse Joyce mentre si alzava e si avvicinava alla sua coinquilina che era congelata proprio nel mezzo della porta.

"Tu eri?" Vicky ha risposto.

Le sue guance bruciavano di un rosso vivo.

Che tipo di risposta è stata?

Non riusciva a pensare chiaramente.

"Pensavo che la mia fica si sentisse così sola," disse Joyce, arrotolando una ciocca di capelli di Vicky.

La sua presa si spostò sul collo di Vicky.

"È triste e ha bisogno di rallegrarsi."

Il simbolismo della mano intorno al suo collo era chiaro e il cuore di Vicky batteva all'impazzata mentre guardava la sua coinquilina arrampicarsi sulla gonna e iniziare a lavorare.

Cominciò a eccitarsi quando lei si tolse le dita bagnate e le portò alle labbra di Vicky.

Non dovrebbe farlo, si disse Vicky, anche se le sue labbra si aprirono e succhiarono il dito che le aveva offerto del suo rivestimento acido.

"Hai troppi vestiti addosso," disse Joyce mentre spogliava la sua coinquilina, lasciando la ragazza con solo un paio di calzini.

Immagino sia questo, pensò Vicky tra sé.

Adesso è quando facciamo l'amore.

"Pensavo che potremmo fare un gioco diverso oggi", ha detto Joyce mentre si toglieva la sciarpa dal collo e la legava alla testa di Vicky, trasformandola in una benda improvvisata.

"Hai fatto un buon lavoro a leccarmi la figa ieri," disse Joyce, mentre conduceva Vicky alla sua scrivania. "Ma oggi ti mostrerò cosa mi piace davvero."

Con un sorriso storto, Joyce allungò la mano e girò la barra cieca della finestra.

Il suo angolo ora permetteva alla ragazza di vedere la camera da letto di fronte a lei e chiunque guardasse fuori dalla finestra poteva vederli.

Le narici divamparono, si avvicinò al muro.

Era sicura che nessuno potesse vedere niente sopra la sua vita.

Ma povera Vicky.

Vicky era direttamente in vista.

"Inizia con i miei piedi," disse Joyce, portando un piede alle labbra di Vicky.

Ridendo, ma ritirando il piede al tocco solletico delle sue labbra e al respiro caldo della sua coinquilina.

"Mi fa il solletico."

E da lì quel giorno tutto fu lezione.

Vicky ha imparato a succhiargli i piedi.

Leccarsi l'un l'altro.

Bacia i polpacci e le ginocchia.

Taglia tra le cosce estese.

Respira il tuo alito caldo sul sesso di Joyce.

Bacia le labbra ... laggiù.

Lecca il solco.

Fai lavorare il clitoride del tuo compagno di stanza per raggiungere l'orgasmo con la tua lingua.

Spazzola delicatamente la lingua sul clitoride.

Accarezza i capezzoli duri con le mani libere.

Accarezzalo tutto.

Lavorando la lingua più velocemente quando Joyce stava per arrivare e rallentando quando la ragazza uscì dal suo orgasmo.

Vicky sentì Joyce muoversi di nuovo e si chiese se fosse il suo turno di fare l'amore.

Ma Joyce aveva altri piani.

"Avvicinati," disse Joyce, ora di fronte alla scrivania e sporgendosi in avanti. "Ho una sorpresa per te".

Vicky si sporse più vicino mentre la sua fronte si aggrottava preoccupata.

Che tipo di sorpresa aveva in mente Joyce per lei?

Mentre si avvicinava, non c'erano dubbi su ciò che Joyce gli stava offrendo girandosi e chinandosi.

Il suo bel culo tonico.

In quel momento, Joyce si voltò e afferrò la coda di cavallo di Vicky e la strinse forte.

"Leccalo," ringhiò Joyce avvicinando la testa di Vicky all'inguine.

Era un ordine.

Con un brivido, Vicky fece un lieve miagolio di disperazione.

Non sembrava del tutto giusto, dato che aveva leccato proprio questo punto la sera prima.

Ma se non fosse stata più così eccitata, sicuramente avrebbe rifiutato.

Tuttavia, ormai era passata quella che sembrava un'ora a far venire Joyce e lei ancora no.

Non voleva rovinare le cose prima che fosse il suo turno.

La sua lingua scivolò dalle sue labbra e il suo ano e iniziò a leccare.

"Mmmmmmm ..." gemette Joyce mentre si accarezzava il clitoride con le dita e si godeva le sensazioni del suo sedere. "Brava ragazza."

"Sei una piccola puttana sporca," ansimò Joyce. "Sai?"

Con la bocca altrimenti occupata, Vicky gemette in risposta.

Joyce si strofinò più velocemente, il busto appoggiato sulla scrivania poiché il suo braccio sinistro non poteva sostenere il suo peso.

Oh cazzo!

E il successivo orgasmo la lacerò come un incendio.

"Alzati e aspetta qui," disse Joyce una volta che fu scesa dal suo orgasmo.

Prese lo spazzolino da denti di Vicky dalla borsa da toilette.

Un lieve sussulto sfuggì dalle labbra di Vicky quando sentì il familiare ronzio così vicino al suo orecchio.

Joyce giocava con la sua coinquilina, facendo scorrere la sua testa vibrante sulle zone erogene di Vicky.

Il corpo di Vicky tremava ogni volta che sentiva la testa ronzante toccarle il sesso ...

La sensazione era troppo intensa, e ancor di più perché indossava ancora la benda e non poteva prepararsi al contatto.

Tuttavia, a ogni tocco, il suo corpo tremava sempre meno mentre si acclimatava.

"Ti sei lavato stamattina?" Scherzò Joyce, accostando la testa dello spazzolino alla bocca di Vicky.

"Già ..." riuscì Vicky, girando la testa per evitare che la spazzola intrisa di sesso le entrasse in bocca.

"Andiamo," la esortò Joyce, alternando tra prendere in giro la figa di Vicky e provare a far scorrere il pennello attraverso la bocca ben chiusa della ragazza.

Il brivido del potere la stava riscaldando di nuovo.

"Dai. Lo sai che lo vuoi. L'igiene orale è molto importante ... So anche dov'è stata la tua bocca. Ha bisogno di una buona pulizia."

"No," ansimò Vicky, le sue labbra premute forte.

Aveva smesso di girare la testa e ora lo spazzolino da denti ronzava tra le sue labbra e vibrava contro i suoi denti.

Poteva sentire l'odore muschiato del suo sesso sul pennello.

Non poteva farlo.

Lei ... i suoi denti si sono aperti.

Ho potuto assaggiare i loro succhi mescolati con la menta.

"Aprilo completamente." Joyce ha detto.

Vicky aprì la bocca.

Dio, è stato così umiliante.

Si sentiva così impotente mentre la sua coinquilina le passava lo spazzolino sui denti e sulla lingua.

Joyce ha abbassato di nuovo la spazzola e ha risolto il problema sul sesso della sua coinquilina.

Facendo entrare di nuovo in delirio la ragazza.

"Rimettiti in ginocchio," ordinò Joyce.

Con le guance in fiore di un rosso rabbioso, Vicky non si era mai sentita più sottomessa di quando si era inginocchiata e la sua compagna di stanza continuava a spazzolarla e stuzzicarla.

"Lo infilerò in quella fica di te," scherzò Joyce. "No, girati questa volta. Alla pecorina certo che ti piace scopare, stronza magra."

Vicky arrossì ancora di più quando si voltò e cercò di rotolare indietro il culo sulla spazzola vibrante per fargli toccare il clitoride.

Tuttavia, era troppo alto, colpendola davvero sul culo.

E Joyce non stava collaborando.

"Lo vuoi, vieni a prenderlo", rise Joyce. "Andiamo. Più in alto ... più in alto ..."

La povera Vicky è stata costretta ad alzarsi sulle mani e sulle ginocchia ...

Era quasi in piedi, ma ora sosteneva la parte superiore del corpo con le mani a terra.

Non era comodo ... non per molto.

Ma non avrebbe dovuto sentirsi a disagio per molto tempo poiché il pennello l'aveva portata quasi all'orgasmo.

Solo un piccolo tocco con il suo clitoride e sarebbe esploso come un razzo.

"Di nuovo la bocca," disse Joyce, quando rilevò il tremore lungo la spina dorsale della sua coinquilina.

"Per favore ..." gemette Vicky, ignorando l'ordine, spingendosi sempre più forte, in punta di piedi.

Era troppo vicino per smettere di provarci adesso.

"Ho detto bocca," la voce di Joyce assunse un tono aspro mentre rimuoveva il pennello.

Con un gemito deluso, Vicky si girò, inginocchiandosi rapidamente.

Lo spazzolino da denti non smetteva di suonare, ma invece di lavarle i denti questa volta, la lasciò a succhiare i succhi dalla testina dello spazzolino.

"Piccola puttana perversa," disse Joyce. "Stai diventando bravo in questo. Ora girati di nuovo e prova a venire."

Non c'era bisogno che Vicky lo dicesse due volte.

Si voltò e cercò di nuovo il contatto con la spazzola.

Era ancora bendata, quindi non sapeva che Joyce stava spingendo via il pennello ogni volta che si avvicinava.

Facendola lavorare per questo.

Inarcamento della schiena.

Fianchi alla ricerca.

Gambe tremanti.

Finché non ha finalmente preso contatto.

"Oh cazzo ..." gemette Vicky.

Non pensavo più a quanto sembrasse imbarazzante.

Era come un animale.

Il suo corpo voleva liberarsi ... ne aveva bisogno.

"Cazzo ... cazzo ... oh mio ... oh mio ..." urlò Vicky con un tono acuto e senza fiato.

Sempre più veloce gemette.

Il latte caldo le si è versato sulle gambe.

# CAPITOLO 9

All'inizio Joyce pensava che la sua coinquilina si fosse arrabbiata, ma poi si rese conto che era arrivata.

Wow andiamo.

Joyce sorrise e girò il bar in modo che le persiane si chiudessero.

"Adesso puoi toglierti la benda," disse alla figura prostrata della sua coinquilina, stesa esausta sul pavimento piastrellato, quasi a crogiolarsi nei suoi abbondanti succhi.

Vicky si tolse la benda, ma non aveva l'energia per alzarsi dal pavimento.

Dubitava di poterlo fare mai.

Ma meno di un minuto dopo, divenne fredda e imbarazzata per lo spettacolo che stava facendo mentre giaceva nuda sul freddo pavimento di piastrelle.

Se solo avesse saputo che, nella camera da letto dall'altra parte della finestra, avevano visto molto di più.

La maggior parte si era voltata dall'altra parte disgustata.

Alcuni hanno scattato foto per vederle in seguito.

Ma pochi avevano assistito fino alla fine.

Aveva spento le luci e tutti i suoi entusiasti clitoridi.

Tenendo in mente l'immagine della ragazza.

Determinando che, se l'opportunità si fosse presentata, avrebbero voluto giocare anche con quel culo e quella figa.

Una di quelle ragazze ha chiesto alla sua coinquilina:

"Mi sembra familiare. L'hai vista in qualcuno dei tuoi corsi?"

"No, ma l'ho visto quando sono passato davanti alla lezione di computer", disse l'altro. "È una specie di fanatica del computer."

"Che giorno ea che ora?"

"Domani alle tre del pomeriggio"

"Scommetto che se la portiamo da qualche parte, farà quello che vogliamo."

"E voglio fare un sacco di cose divertenti con lei." Ha detto mentre si succhiava i succhi dalle dita.

"Anche io." Disse l'altro succhiandosi un dito.

"Potrebbe diventare rumoroso."

"Allora portiamola nella nostra camera da letto."

"Pensi che verrà?"

L'altra ragazza prese uno spazzolino elettrico e lo accese.

I suoi occhi brillavano nell'oscurità.

"Oh, ho la sensazione che lo farà se glielo mostro. Inoltre, ho scattato alcune foto e scommetto che non vuole che vengano distribuite nel campus."

.

# FINE

49

# VESTITA PER L'OCCASIONE
## ERIKA SANDERS

51

Il silenzio della notte la circondava, premendola con la sua serenità, cercando di calmare la sua ansia.

Tuttavia, ciò non poteva calmarla.

Sensazioni dilaganti a cui non era abituata, e che non aveva mai provato prima, si insinuarono nel suo corpo, rendendola nervosa.

I suoi tacchi scattarono dolcemente lungo il sentiero lastricato mentre fissava il cielo.

Perché ci vai stasera?

Perché si era vestita così?

Potevo sentire il potere che il suo sguardo aveva su di lei.

Sospirò e lasciò che la sua mente smettesse di pensare agli eventi che potrebbero accadere stanotte.

* * *

Sembrava che ogni sguardo fosse su di lei mentre entrava nella stanza.

I suoi tacchi a spillo scattarono contro il pavimento in legno mentre attraversava la pista da ballo e si avvicinava al bar.

La gonna del suo vestito rosso e nero ondeggiava da un lato all'altro ad ogni gradino, la striscia rossa che scorreva contro il suo ginocchio mentre quella nera era appoggiata a pochi centimetri sopra.

La camicetta le pendeva dalle spalle, sul petto, rimbalzando abbastanza da attirare l'attenzione ad ogni passo che faceva e mostrando una generosa proporzione di pelle.

E senza reggiseno.

Sapeva che aspetto aveva in questo vestito.

Sembrava una volpe.

Aveva finito il look con un girocollo di pizzo nero attorno al collo e solo un tocco di rossetto rosso.

Si sedette tra un uomo e una donna e sorrise al cameriere.

"Ciao James"

"Samy. Com'è bello vederti di nuovo." Lasciò che i suoi occhi scivolassero su di lei lentamente lungo il suo viso e il seno. "Davvero molto bene. E per chi è l'occasione?"

Scosse la testa e sorrise, facendo cadere una ciocca di ricciolo sopra l'orecchio.

"Nessuna possibilità. Volevo solo vestirmi così."

Raggiunse il bancone e le mise il ricciolo dietro l'orecchio.

Le sue dita le sfiorarono il fianco e quasi dimenticò come respirare.

"Dovresti vestirti così più spesso."

"Forse lo farò."

"Lascio il lavoro ora di notte verso le undici. Ti piacerebbe ballare più tardi?"

Lei annuì lentamente, incapace di distogliere lo sguardo dal suo.

Con una precisione molto lenta, si sporse sul bancone e avvicinò le labbra alle sue, approfondendo il bacio abbastanza da farle desiderare di più prima di allontanarsi.

"Circa venti minuti."

* * *

Quei venti minuti non erano mai sembrati più lunghi nella vita di Samy.

Osservava tutto ciò che la circondava sempre consapevole di ogni sua mossa senza nemmeno guardarlo.

Era come se i suoi sensi fossero sintonizzati sul suo corpo, ma continuava a saltare quando la toccò sulla parte posteriore della spalla.

Si era sbottonato il colletto della camicia nera e le stava sorridendo, tendendole la mano.

"Penso che mi devi una danza."

Quando mise una mano nella sua, fu come se una piccola scarica di elettricità attraversasse il suo corpo.

Le sorrise quando la portò in un angolo della pista da ballo e poi la avvicinò al suo corpo quando la canzone cambiò.

Era lento e seducente, e il suo battito cardiaco sembrava corrispondere al suo cuore mentre lei premeva contro di lui.

E già all'improvviso si rese molto conto dei contorni duri che ondulavano sul suo corpo morbido.

Fece scivolare le braccia attorno a lui, premendo le sue lisce curve posteriori con le mani mentre ondeggiavano da un lato all'altro.

Si chinò e premette le labbra contro le sue, separandole delicatamente e seducendola con la lingua.

La sua mano scivolò più in basso sulla schiena, appoggiandosi sul fianco, scivolando abbastanza in basso da accarezzarle una guancia mentre le tirava la parte inferiore del corpo contro la sua.

Rimase a bocca aperta quando sentì quanto lui stesse davvero premendo contro di lei e avrebbe potuto giurare di averlo sentito gemere.

Ma proprio come lui, l'altro cameriere lo chiamò e sospirò, abbassando la testa all'indietro.

"Samy ... sto tornando. Lo giuro. Non andare da nessuna parte."

Annuì scioccamente mentre si allontanava dalla pista da ballo e si dirigeva verso una cabina isolata.

Vide James tornare al bar e chinarsi di nuovo su di lui, parlando con Joseph.

Joseph era il barista sostituto per la notte.

Se ne andava sempre quando James si ritirava.

Quando vide una bionda alta e con le gambe lunghe unirsi a loro, realizzò qualcosa.

Non era quel tipo di ragazza.

Non avevo idea di cosa stavo facendo.

James era il tipo di uomo che era sempre disponibile per qualsiasi ragazza, qualsiasi ragazza alta, bionda e super sexy.

Ed era bassa, scura e latina.

Ha lasciato correre.

Più veloce e silenzioso che poteva.

Si diresse verso la porta e quando si guardò alle spalle vide la bionda appoggiarsi a James e far scivolare le dita lungo il braccio.

Sospirò e scosse la testa mentre proseguiva per la sua strada.

Non sarebbe bene fermarsi a pensarci.

I suoi piedi iniziarono a far male ai talloni, quindi li tolse e si allontanò dal sentiero di ciottoli, lasciando che i suoi piedi la guidassero sulla riva del fiume che conosceva così bene.

Ha scavato i piedi nella riva del fiume e ha semplicemente fissato l'acqua a lungo.

"Cosa stavo pensando?" Alla fine mormorò.

"Questo è quello che vorrei sapere."

Ha quasi urlato quando si è girata.

James era in piedi dietro di lei, le braccia incrociate con rabbia e accigliato.

Ma il cipiglio lentamente fu sostituito da uno sguardo di confusione e preoccupazione.

"Samy, stai piangendo. Cosa c'è che non va in te?"

Distolse lo sguardo da lui e attraversò il fiume verso l'altra riva erbosa.

"Non avresti dovuto. Non avresti dovuto venire al bar stasera vestito così. Non avresti dovuto pensare di avere una possibilità."

"Samy, di che diavolo stai parlando?"

Allungò una mano e lasciò cadere la mano sulla sua spalla.

Stava tremando, aveva freddo.

Si affrettò a togliersi la giacca e se la mise sulle spalle, tirandola dietro per strofinarsi le braccia.

"Sei stato bellissimo lì dentro. Penso di aver dimenticato come dovevo respirare quando sei entrato."

"Ho visto le donne con cui sei di solito. Non sono come loro, James. Non sono elegante o super sexy. Non sono bionda, né alta, né con le gambe lunghe, né ho un corpo perfetto come loro. Non ho soluzione in contro quello. Non sapevo nemmeno cosa stavo facendo. " Lei finì in un sussurro.

"Davvero? Avresti potuto ingannarmi lì dentro."

La girò verso di lui e si sporse in avanti, premendole le labbra sul collo.

Rabbrividì.

"Il tuo corpo si è sentito perfetto quando mi hai premuto contro di te su quella pista da ballo."

Allungò una mano e prese a coppa il petto, tracciando il contorno del suo capezzolo attraverso la camicetta.

La fece rabbrividire un po'.

"Sicuramente questi sembravano sapere cosa volevano fare quando ci stavamo baciando e premendo insieme."

Si chinò su di lei e la costrinse a sdraiarsi finché non fu sdraiata sul pavimento.

"Lascia che ti mostri, Samy. Lascia che ti mostri che sei più di quanto pensi."

Le sue labbra scivolarono contro le sue prima di scivolarle lungo il collo e sopra la camicetta sottile che le copriva il seno.

Il respiro le si bloccò in gola quando le sue labbra trovarono prima un capezzolo e poi l'altro, succhiandole lentamente mentre inarcava al suo tocco.

Le sue dita trovarono abilmente l'orlo della sua camicetta e iniziarono a sollevarla lentamente, stuzzicandola quando fu rivelata.

La sollevò oltre il seno e la tenne appena sopra di loro mentre le baciava il seno destro, assaporandole la pelle.

Gemette quando James finalmente portò le sue labbra sulla cresta del seno, prendendo il capezzolo tra i denti e tirandolo delicatamente prima di succhiarlo.

Gemette ancora più forte mentre la sua mano iniziava a impastare l'altro seno, rotolando ripetutamente il palmo sul capezzolo.

"Vedi?" Respirò contro la sua pelle. "Sei la donna perfetta".

Iniziò a baciarla mentre scendeva, circondandole l'ombelico con la lingua.

James le sorrise mentre prendeva la gonna e invece di tirarla giù, la spinse in alto.

La parte anteriore si ripiegò all'indietro e nel momento successivo posò baci morbidi e giocosi lungo il suo tumulo caldo sopra le sue mutandine.

Era già bagnata.

Poteva sentirlo attraverso le sue mutandine mentre si strofinava il naso contro di lei.

Lei tremò sotto di lui e lui le accarezzò delicatamente le dita su e giù mentre usava i denti per far scivolare le mutandine.

La baciò di nuovo, senza barriere tra le sue labbra e la sua figa.

Cominciò a far scivolare la lingua lungo la sua fessura e lei gemette, i suoi fianchi si inarcarono selvaggiamente in modo da premere la lingua in profondità dentro di lei, rintracciandola sul clitoride.

Samy gemette e inarcò contro la sua lingua, il piacere che scorreva attraverso di lei mentre le sfregava i denti contro il clitoride e le faceva scivolare un dito dentro.

"Ho mentito", respirò contro il suo clitoride. "Non ho semplicemente dimenticato come respirare."

James le succhiò delicatamente il clitoride, il dito che pompava dentro e fuori dalla sua tensione.

"Sono quasi arrivato nei miei pantaloni solo per vederti prima."

Le sue dita gli afferrarono i capelli e lui sorrise contro la sua figa mentre le faceva scivolare un secondo dito dentro, facendole scorrere la lingua sopra il clitoride ripetutamente finché il suo corpo non gli tremò sotto la bocca.

Le sue dita la carezzarono, dentro e fuori, eccitandola, convincendo il suo corpo a rispondere fino a quando lei ondeggiò contro la sua mano e la sua lingua.

"James", la sua voce quasi fallì quando lei si contorse nella sua mano. "Per favore, non fermarti adesso!"

Le sue parole emersero in un lieve tono di complicità, ma aumentarono rapidamente di volume quando urlò di piacere.

Stava mordendo delicatamente il suo clitoride e ora stava succhiandolo forte, e le sue dita che si spingevano dentro di lei prendevano il suo climax.

Si leccò avidamente i suoi succhi e quando il tremore nel suo corpo rallentò,

Quando ebbe finito, si spostò su di lei.

Lui sorrise e appoggiò la fronte contro la sua, lasciando che il suo corpo sfiorasse la sua mentre la guardava negli occhi.

"Te l'ho detto, sei femminile come sono, se non di più."

I suoi occhi brillavano di qualcosa che avrebbe potuto essere in dubbio mentre guardava James negli occhi, ma poi lasciò che le sue dita le scorressero lungo il petto e fino al duro nodo nei suoi pantaloni.

"È per questo che lo hai così difficile?

Perché sono una donna come loro?"

Le sue dita si passarono su e giù contro il suo cazzo, e non poté evitare il lamento che gli scivolò dietro le labbra.

Tuttavia, non ebbe alcuna possibilità di rispondere quando le sue labbra incontrarono le sue e tutti i pensieri furono cancellati dalla sua mente.

Le sue dita scivolarono sul suo petto e abilmente cominciò a sbottonarsi la camicia.

La tirò rapidamente fuori dai pantaloni e lo spinse da parte mentre la tirava per toglierla completamente.

Il bottone sui pantaloni si aprì di scatto e la cerniera scivolò quasi da sola.

Gli tirò giù i pantaloni e i boxer quanto bastava per liberare il suo cazzo e la avvolse con una piccola mano, accarezzandola lentamente in modo che lui gemesse e premesse ansiosamente contro la sua mano.

Gemette di irritazione e si alzò in piedi, togliendosi i pantaloni e i pugili con un solo movimento e voltandosi verso di lei.

Ora era in ginocchio e gli sorrise mentre ancora una volta gli avvolgeva la mano.

Si chinò su di lei, accarezzandola lentamente, chiudendo gli occhi.

Il momento successivo, tuttavia, le aprì mentre le sue labbra si avvolgevano attorno al suo cazzo, spostandole lentamente su e giù sul suo membro duro.

Ora le mise le mani dietro la testa e cominciò lentamente a spingerla dentro e fuori dalla sua bocca, gemendo mentre lei lo succhiava ad ogni movimento.

I soffici colpi non ci volle molto per diventare rapidi e corti, Samy lo succhiava più forte più velocemente scuoteva la testa.

La sua mano accarezzava le sue palle, facendole rotolare avanti e indietro mentre la sua bocca si stringeva attorno a lui.

Quando stava giocando con la lingua sulla testa del suo cazzo, le esplose in bocca.

Deglutì rapidamente quando la mandò a squirtare, premendo la bocca e la gola contro il suo cazzo facendolo venire ancora più forte e con più getti, fino a quando non si esaurì.

Si tolse lentamente il cazzo dalla bocca e lasciò cadere lo sguardo a terra.

Si inginocchiò di fronte a lei, mettendole una mano contro la guancia.

Erano solo a un passo quando il dito di James le tracciò il lato del viso, affondando il dito sotto il mento e alzando gli occhi su di lui.

"Non abbiamo ancora finito."

La sua voce era così bassa che le si gelò la schiena mentre lo fissava meravigliata.

Si chinò e premette le labbra contro di lei, approfondendo rapidamente il bacio.

Quando la sua lingua scivolò oltre le sue labbra, una mano scivolò dietro di lei, attirandola contro di lui in modo che fossero carne per carne.

I suoi capezzoli gli premevano contro il petto con gioia, e la sua nuova erezione premeva forte contro i suoi addominali inferiori.

Si mosse e si strofinò lentamente il corpo lungo di lui, facendolo gemere quando il suo bacio divenne febbrile.

La adagiò di nuovo e le fece scivolare la gonna sulle gambe.

La guardò per un lungo momento prima di muoversi.

Si chinò di nuovo su di lei e la baciò leggermente sulla pancia, appena sopra l'ombelico.

Sorrise contro la sua pelle calda e cominciò a baciarsi verso l'alto, al contrario delle sue precedenti azioni.

Le sue labbra giocavano a malapena contro il suo seno prima di posarsi sul suo collo e accarezzarle il battito del cuore.

Lui pulsava tra le sue gambe, il suo membro premeva contro la sua fessura bagnata mentre lei avvolgeva le gambe intorno alla sua vita e lui le faceva scivolare le braccia attorno.

Con un rapido movimento, James era seduto con lei in grembo e, se possibile, premeva ancora di più il suo cazzo contro di lei.

Lei si dimenò leggermente e lui gemette.

La baciò appena sotto l'orecchio e la tirò delicatamente sul lobo.

"Dimmi, Samy, lo vuoi?"

Il suo respiro era caldo contro la sua pelle e lei tremò.

"Vuoi che il mio grosso cazzo duro sia sepolto nel profondo di te?"

La risposta di Samy sembrò quasi un lamento mentre si strofinava contro di lui.

"Sì. Per favore, James, lo desidero da ..." ma lei si fermò rapidamente, un rossore ancora sulle guance e distolse lo sguardo.

James non ne aveva idea.

Costrinse il suo sguardo a quello di lei e appoggiò la sua erezione contro di lei.

"Termina quello che stavi dicendo."

Lei gemette e le sue unghie affondarono leggermente nella sua pelle.

"Lo desidero da quando ti ho incontrato."

"Allora dimmi quanto lo vuoi."

Non era una richiesta, piuttosto una richiesta mentre le faceva scivolare le dita sul seno, impastando lentamente la sua carne.

Poteva sentire il suo calore irradiarsi contro il suo cazzo e stava facendo del suo meglio per non lanciarla e prenderla.

La sua risposta lo sorprese e frantumò tutto l'autocontrollo che stava usando.

"Non lo voglio. Ne ho bisogno, James."

Adesso i suoi occhi erano fissi sui suoi e lui gemette dolcemente contro la sua pelle mentre lei si avvicinava.

"Ne ho tanto bisogno, l'ho sognato per così tanto tempo. Per favore. Ho bisogno che tu mi scopi."

Non potevo più negarglielo.

Non poteva contenere se stesso dopo quello.

La sollevò fino a quando la testa del suo cazzo premette contro la sua apertura e poi la lasciò rapidamente cadere su di lei.

Entrambi gemettero.

La sua figa era così stretta attorno al suo cazzo che quando ha iniziato a spostarla su e giù sul suo membro, la sua lunghezza dura sembrava ancora più grande chiusa dentro di lei.

Lei gemette e usando le gambe per sfruttare cominciò a saltare sul suo cazzo.

I suoi seni rimbalzarono liberamente contro di lui e i suoi capezzoli lo chiamarono mentre si sporgeva in avanti e iniziava a succhiare.

Gemette e cominciò a saltare più veloce sul suo cazzo, spingendosi continuamente.

Le sue labbra stavano prendendo in giro i suoi capezzoli, attirandoli e succhiandoli, quindi passandoci sopra la lingua e mordicchiandoli mentre rimbalzava con i suoi rimbalzi, gemendo contro la sua pelle, inviando vibrazioni attraverso i suoi morsi.

La sua fica era così bagnata che l'umidità scorreva lungo il suo cazzo e lui gemette mentre lei stringeva intenzionalmente la sua fessura attorno a lui, facendogli resistere ancora.

Li inclinò entrambi in modo che lei fosse di nuovo sulla schiena sull'erba e cominciò a battere forte il suo cazzo dentro e fuori di lei.

Samy gemette ancora più forte, le sue unghie le rastrellarono la schiena mentre un'altra forte spinta la spinse di nuovo al suo culmine.

Lo stretto spasmo intorno al suo cazzo fece rapidamente venire anche James e lui sbatté ancora più velocemente contro di lei, ringhiando mentre il suo sperma caldo la riempiva fino a quando le si rovesciava sulle cosce.

Cadde di lato, ansimando.

Quindi la attirò a sé, lasciandosi morbidi baci sul lato del viso.

"Ora, passeranno altri cinque anni prima che tu abbia il coraggio di farlo di nuovo?"

Lui sorrise e baciò l'angolo delle sue labbra.

"Mai, James."

Samy sorrise e sfiorò le sue labbra contro le sue.

"Bene, perché non credo di poterti togliere le mani per più di un giorno o due."

La risata di Samy echeggiò attraverso il lago e James sorrise mentre si sedeva e la baciava profondamente.

Questo potrebbe sicuramente essere l'inizio di qualcosa di molto interessante.

.

# FINE

63

www.ingramcontent.com/pod-product-compliance
Lightning Source LLC
Chambersburg PA
CBHW021809150726
47989CB00004B/1850